U0506494

济慈走进了纳兰的朋友圈

○夷则 编著

茫茫宇宙中，有一个不为人知的地方。
那里有无数的信号器闪烁如银河浩瀚。
在这条信号编织的星海背后，
藏有你从未见过的虚拟线上交际中枢，
它只存在于那些最最隐秘的传说中，
我们叫它做——超时空朋友圈。

值得一走的时空之旅

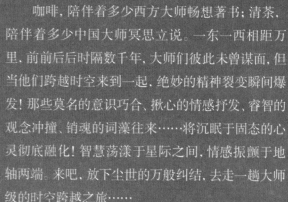

咖啡，陪伴着多少西方大师畅想著书；清茶，陪伴着多少中国大师冥思立说。一东一西相距万里，前前后后时隔数千年，大师们彼此未曾谋面，但当他们跨越时空来到一起，绝妙的精神裂变瞬间爆发！那些莫名的意识巧合、揪心的情感抒发、睿智的观念冲撞、销魂的词藻往来……将沉眠于固态的心灵彻底融化！智慧荡漾于星际之间，情感振颤于地轴两端。来吧，放下尘世的万般纠结，去走一趟大师级的时空跨越之旅……

——底 谓

目　录

朋友圈个人信息 *Personal information* 1

伤别离 *parting* 2

愿相思 *Lovesickness* 8

好无言 *Speechless* 14

一相逢 *Come across* 18

唤真真 *Call Zhenzhen* 24

相思何处说 *Unspeakable love* 30

离合总无因 *Parting and meeting* 36

无奈钟情容易绝 *Perting* 42

多少恨 *Hate* 48

天上人间情一诺 *Pledge* 54

清泪尽 *Tear* 60

纤腰画 *Waist* 66

也相宜 *Suitable* 72

作个鸳鸯消得么 *Mandarin duck* 78

两字冰 *Unspeakable* 84

一片伤心欲画难 *Sad* 88

又多情 *Passionate* 94

痴数春星 *Infatuation* 98

空凄切 *Miserable* 104

西风恶 *Evil* 110

道寻常 *Ordinary* 114

结来生 *Afterlife* 120

红颜变 *Change* 126

朋友圈个人信息

纳兰性德

济　慈

叶赫那拉氏，字容若。

约翰·济慈。

出生于17世纪中期的中国京师。

出生于18世纪末期的英国伦敦。

著名词人。

浪漫派的主要成员之一。

成长于清朝贵族家庭，荣华无忧。

在英国的著名诗人中，几乎没有一个人比他的出身更为卑微。

"别有根芽，不是人间富贵花。"

他是最卑微的土壤中开出的花朵。

短短三十载的年华。

24岁停笔，25岁陨落。

写尽情字，"北宋以来，一人而已"。

在他短短几年的创作生涯中，已经远远越过同一年龄的莎士比亚和弥尔顿。

伤别离

parting

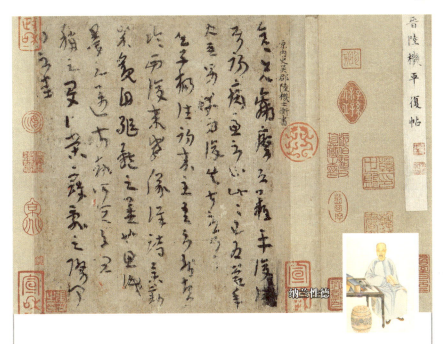

纳兰性德

画 堂 春

一生一代一双人，争教两处销魂。
相思相望不相亲，天为谁春？

浆向蓝桥易乞，药成碧海难奔。
若容相访饮牛津，相对忘贫。

康熙年间 春 删除

3

 [唐]王勃
故人故情怀故宴，相望相思不相见。（《寒夜怀友杂体二首》之二）

 [唐]骆宾王
相怜相念倍相亲，一生一代一双人。（《代女道士王灵妃赠道士李荣》）楼下注意保持队形。(๑•̀ㅂ•́)૭

 (英)济慈
离别对于相爱的人来说已经是最最残忍的事情，与其诉说凄苦，不如镌刻决心。

> 明亮的星！
> 我祈求如你那般坚定——
> 但我不愿
> 夜空高悬，孤独辉映。
>
> ……
>
> 呵，不，——我唯只愿
> 坚决不移 。
> 头枕在爱人酥软的胸脯上，
> 永远的感受到它温柔地降落、升起；
> 永远在充满甜蜜的激荡中醒来，
> 不断，

不断听她轻柔的呼吸，
就这般地活着呵，
——或就这般晕眩
地死去。

(《明亮的星》节选)

另，哪个好心的人儿能告诉我纳兰这首词下半部分到底
是在说些什么?！！！！！！！怒摔！！！(ノ`□´)ノ︵┻━┻

[唐]李商隐
好人来了。"药成碧海难奔"，讲的是：
嫦娥应悔偷灵药，碧海青天夜夜心。(《嫦娥》)
另破坏队形可耻，楼下注意。(￣_￣)

[唐]裴铏
好人二号。"浆向蓝桥易乞"，是讲一秀才，被丈母娘刁难
礼金(玉杵臼)，最后历经万险终于抱得美人归的故事。
(《传奇》)

[晋]张华
好人三号。"相访饮牛津"，是指贫贱夫妻百事哀，
啊——不对，是贫贱夫妻不相离。(《博物志·杂说》)

(英)雪莱
济慈你在这里呀。
我热切地盼望你到意大利来。
(っ╹◡╹)っ ❤ ～我打算做你身体和精神方面的医
生，使你的身体得到温暖，并且教你希腊语和意大利
语。我知道，的确，部分地，我正抱希望于一个远胜过

我的劲敌；这是另一个动机，而且也会带来快乐。
（《给利·亨特》）

(英)济慈
我亲爱的雪莱，我必须或者乘船或者从陆路去意大利。
（《致珀西·比希·雪莱》）

上面是我为了这次别离写给芳妮的小诗，希望你能喜欢。
ヽ(✿ﾟ▽ﾟ)ノ

朋友圈小助手
雪莱先生请你注意一下，不要在别人的微信里开启私聊
模式。另，亲爱的济慈先生，您没看出来么，纳兰公子的
下半阕词其实……就是……在表决心啊……
(|||￣ω￣)

[清]纳兰性德
然也。吾与济慈君皆是：
一纸寄书和泪折。（《蝶恋花》）天咫尺，人南北，不信鸳鸯
头不白。（《天仙子》）

朋友圈小助手
纳兰公子，你们不南北，你们是东西。

（英）济慈
这句我懂得的，你虽然是公众号，但是你不能骂人。
o(≧口≦)o

[唐]李商隐
好人来了。顶楼上,顶楼上。ヽ(•˛•)ノ

 [唐]裴硎
好人二号。投诉他,投诉他。ヽ(•˛•)ノ

 [晋]张华
好人三号。酱油已满,撤。(￣_￣)

Bright Star

《璀璨情诗》剧情截图

愿相思

Lovesickness

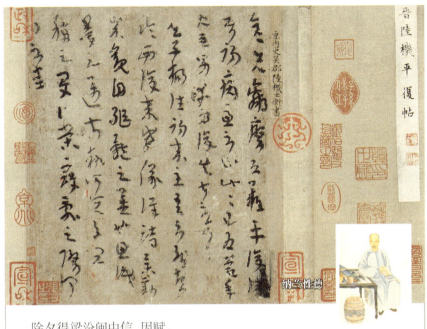

纳兰性德

除夕得梁汾闽中信,因赋。

凤凰台上忆吹箫

　　荔粉初装,桃符欲换,怀人拟赋然脂。喜螺江双鲤,忽展新词。稠叠频年离恨,匆匆里、一纸难题。分明见、临缄重发,欲寄迟迟。

　　心知。梅花佳句,待粉郎香令,再结相思。记画屏今夕,曾共题诗。独客料应无睡,慈恩梦、那值微之。重来日,梧桐夜雨,却话秋池。

康熙二十年（1681） 辛酉冬 删除

（英）济慈

这年头抢个沙发也不是难事。(๑•̀ㅂ•́)و◇

这首我明白的。"再结相思"就是我们英国人说的再亲芳泽的意思呀。可是纳兰公子，以我们英国人的观点看，这首求爱的诗歌实在是不够热情，能打动姑娘的诗歌应该是这个样子的：

> 如果我有动人的容貌，
> 我的叹息
> 将会轻快地回荡在你那象牙般的贝壳——
> 你的耳朵，搜寻到你那温柔的心；
>
> 你的热情是我敢于冒险的武器；
> 可是啊，我不是英勇无敌的骑士，
> 我的胸前，没有盔甲在闪耀；
>
> 我也不是山谷中快乐的牧羊人，
> 双唇会在少女的目光中颤抖。
>
> 但我仍深深爱着你，叫你甜心儿，
> 你的甜美胜过西布拉浸泡在
> 充盈的露水中如蜜的玫瑰。
> 啊！我将品尝那露水，它对我来说是如此受用，
>
> 当月亮露出她苍白的脸庞时，

我将通过咒语和巫术把那露水采集。

（《致》）

[清]顾贞观

咳⋯⋯⋯楼上请注意，我是梁汾，我是顾五，我是粉郎，我不是姑娘。（捋胡须）康熙二十年（1681）辛酉秋，母丧南归，这是香令（纳兰公子）是年除夕得我信后所作。

（英）济慈

原来纳兰公子还叫香令，你你你⋯⋯Σ(。 △。Ⅲ)} 尽然是梁汾粉郎，我要去冷静一下，谁也不要来打扰我。

（英）雪莱

亲爱的济慈，不如来意大利冷静啦。切盼，切盼。(つ￣3￣)つ╭♥～我将⋯⋯（以下略去一万字）

[清]顾贞观

香令、粉郎是我与纳兰公子之间的笑称，还请楼上的楼上注意不要乱叫。(。∝_∝)/~~~

[三国魏]何晏

楼上原来你也粉白不去手啊！可为何还是这般粗黑，我来教导教导你。ヽ(✿ﾟ▽ﾟ)ノ⋯⋯（以下略去一万字）

[清]顾贞观

并不是⋯⋯(°ー°〃)

[宋]辛弃疾

济慈先生，在我们中国，兄弟间的情谊有时比爱情更加深厚，与其说相思，不若说相知。纳兰公子词中所指"梅花佳句"犹言：

极目南云无过雁，君看，梅花也解寄相思。(《定风波·三山送卢国华提刑约上元重来》)

（英）济慈

受教了。

（英）雪莱

济慈兄啊，"心知。梅花佳句"，待你我"再结相思"，"记画屏今夕，曾共题诗"。来意大利日，"梧桐夜雨，却话秋池"。

朋友圈小助手

雪莱先生，您是如何获得这种，无论什么话题都可以歪到劝说济慈先生去意大利找您的技能的呢？你快够！！！！！！(╯`□′)╯~┻━┻

[清]纳兰性德

英雄当有英雄惜。<(￣︶￣)>

好无言

Speechless

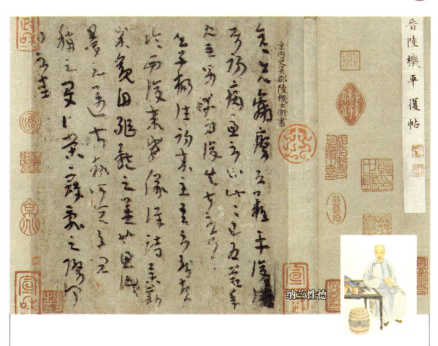

纳兰性德

浣溪沙

十八年来坠世间，吹花嚼蕊弄冰弦。
多情情寄阿谁边？

紫玉钗斜灯影背，红绵粉冷枕函偏。
相看好处却无言。

康熙十三年（1674）与卢氏新婚时 删除

15

[唐]李商隐
十八年来坠世间,瑶池归梦碧桃闲。(《曼倩辞》)

[汉]东方朔
下界十八年陪伴武帝,作为岁星,就是这么任性!!
(○｀ з′○) (《仙史传·东方朔传》)

[清]卢氏
康熙十三年(1674),新嫁于君,读来历历在目,一毫不差。陌上花已开,奈何黄泉隔,不可缓缓归矣。

（英）济慈
东方先生一出手,吓得不敢再接口,以为又是不关情爱,英雄相惜,还好,还好。(ｏ'ᵕ'ｏ)
这词中女子是如此安静,像是一个印在脑中的、薄薄的影子,我的她要活泼很多。

低头微笑侧目的女子啊!
你的美丽在一天中哪个更加神圣的时刻显现?

是在你甜蜜的话语,
迷宫中沉醉迷失的时候?

是在无边思绪中漫游的时候?

还是在你随便披上睡袍
出去拥抱晨曦。

纷乱的舞蹈中，你不舍踩踏那些鲜花？

你玫瑰色的嘴唇不经意分开，停留
凝神倾听。

但你被滋养的如此完美，
我永远说不出哪个才是你最优美的情态。
就像在阿波罗面前起舞时，
哪种优雅最迷人。

(《给G. A. W》)

[明]汤显祖

是那处曾相见，相看俨然，早难道这好处相逢无一言。

(《牡丹亭·惊梦》)

(英)海登

哎，无言是好处，这个我是同意的。
我的她开始忙于照料她的小家伙，以致我试图读莎士比亚的话给她听，就会被命令住嘴，怕我吵醒小孩。(《致济慈》)

朋友圈小助手

海登先生，其实并不是……ε(ﾟ △ ﾟ |||)彡

[清]纳兰性德

佛曰：不可说，不可说。一说便是，错！<(￣︶￣)>

一相逢

Come across

纳兰性德

如 梦 令

正是辘轳金井，满砌落花红冷。
蓦地一相逢，心事眼波难定。
谁省？谁省？
从此簟纹灯影。

康熙年间 暮春 删除

朋友圈小助手
一相逢，少年邂逅，心花无涯。一相逢后面的故事呢？

[宋]柳永
金风玉露一相逢，便胜却人间无数。两情若是久长时，又岂在朝朝暮暮。(《鹊桥仙》)

（英）济慈
楼上好玄妙。这是新学的词汇呢。雪莱先生教我的，在这里看不懂的不要随便掀桌，吐槽看不懂，要说玄妙。ヽ(✿ﾟ▽ﾟ)ノ公众号提问题了呢，要搞活动么，抽奖么？o(∩_∩)o~~求《莎士比亚全集》。一定要看到我，看到我啊，我回答的超级认真哒：

> 白天消逝了，所有甜蜜都消逝了！
> 温柔的手，柔软的乳房，甜美的声音和嘴唇，
> 甜美的呼吸，私语，
> 明亮的双眸，灵活的体态，柔软的腰肢！
>
> 鲜花连同花蕾的魅力，
> 一起消逝了。
>
> 眼中的美景消逝了，
> 怀中的美人消逝了，

声音、温暖、洁白、乐园——
一切都在黄昏时刻消逝了。

节日的黄昏，爱情的圣夜，
开始把幽黑的夜幕紧密编织，
将喜悦隐藏；

但我今天已经阅读过情爱的圣书，
上帝看到了我的斋戒和祈祷，
会让我安睡。

（《白天消逝了，一切甜蜜消逝了》）

（英）雪莱

不要把我教你的说出来。(|||¬ω¬)

[宋]柳永

楼上的楼上，我写的是牛郎和织女的故事，一对永生不能长聚的神仙夫妻。另有活动啊，不早说，我重新回答啊，前面那个不算，如今流行“赋愁者联盟”。
(o゜▽゜)o☆
今宵酒醒何处？杨柳岸、晓风残月。（《雨霖铃》）

[清]纳兰性德

送东西么？公众号，我想要济慈兄的诗集一本。

（英）济慈

纳兰公子，我可以送你哒，还可以附送一本雪莱的诗集呢！

（英）雪莱

哎喂，为什么我是买一送一的啊，楼上你解释一下。(*￣︿￣)

（英）济慈

不是哒，亲爱的雪莱，你是送一附送一哒。ヽ(✿ﾟ▽ﾟ)ノ

朋友圈小助手

趁机快跑，我可没东西送。ヾ(￣▽￣)ßye~ßye~

（英）雪莱

始作俑者，你别走！！！！！

《璀璨情诗》剧情截图

唤真真

Call Zhenzhen

之遺韻謝朝華於已披芳歲
秀於未振觀古今於須臾撫
四海於一瞬然後選義按部
考辭就班藏景者咸叩懷
響者必彈然讓源或本隱以末顯
或因枝以振葉或沿波而討
源或求易而得難或處易以處危
見而鳥瀾或妥帖而易施或岨峿
為心安鄉亂思珍愿
而為之籠天地於形內挫萬物
於筆端始之而驪於瀚勿終流離
浮天之安流濯下泉
瞳矓而弥鮮物昭而互
擘三之滄浪瀨六藝之
於是沈辭拂悅若遊魚銜
鉤而出重之深浮藻聯翩
若翰鳥纓繳而隱曾雲之
峻收百世之闕文採千載

納兰性德

虞　美　人

　　春情只到梨花薄，片片催零落。
　　斜阳何事近黄昏，不道人间犹有未招魂。

　　银笺别记当时句，密绾同心苣。
　　为伊判作梦中人，索向画图影里唤真真。

康熙十七年（1678）　暮春　删除

25

[宋]范成大

花定有情堪索笑，自怜无术唤真真。（《去年多雪苦寒梅花至元夕犹未开》）

（英）济慈

"真真"真是玄妙啊！这么多人要唤她呢，这么多人渴求她，她到底是怎样一个绝妙的人儿啊。

（づ￣3￣）づ╭❤～

> 我渴求你的慈悲，怜悯，爱！——对，是爱！
> 仁慈的爱，没有欺骗的爱，
> 忠真的、毫不游离的，真实的爱，
> 没有任何伪装，透明，洁白无暇！
>
> 啊，让我完全地拥有你，完全地！
> 你的身躯、光亮的皮肤、爱的细微的
> 情趣，你的吻，你的手，动人的双眸，
> 温暖、洁白、另人销魂的乳房，
> 你的身体，你的灵魂，
>
> 为了疼我，
> 全部给我，
> 不保留一丝一毫，
> 否则
> 我就会死去，

Bright Star

《璀璨情诗》剧情截图

或者
做你可怜的奴隶而活着，
茫然忧伤，
生活的目标，心灵的味觉，
变麻木，我的激情也逝去了！

（《我渴求你的仁慈》）

[唐]赵颜
当年画工帮我画了一幅美人图，叫我每日以百家彩灰酒灌之，后来美人就活了，还帮我生了俩娃呢！后来因为有个多事的损友说真真是妖人，真真就带着孩子回娘家了（画里），从此再不回来。所以说，不是每个女孩子，都能够被叫做真真。<(￣▽￣)/

[宋]范成大
我的"真真"是我的妻子。

[清]纳兰性德
去年的暮春，天气和暖，园子里的花静静盛放着，我失去了我的"真真"。

（英）济慈
噢，我的上帝啊，"真真"是多么优秀的、长寿的女子啊，从唐朝一直活到了清朝，倾倒了三位这么优秀的男士。

（英）雪莱
干得漂亮，你终于理解了中国朝代更替的时间顺序。(o˘v˘)/

朋友圈小助手
重点不在这里吧，雪莱先生，(川￢ω￢) "真真" 在这里只是一个比喻，济慈先生，并不是一个人，是三个人。另，从唐朝活到清朝，几千年的岁月，已经不是长寿了好吗?！那是妖孽!!!!!!〇|￣|＿

小青
姐姐楼上骂我们。┻━┻︵╰(`□′)╯︵┻━┻

白素贞
青儿，这你就不懂了。当今这世道，妖孽是有魅力的意思。妖怪才是那骂人的话儿。

相思何处说

Unspeakable love

纳兰性德

菩 萨 蛮

淡花瘦玉轻妆束，粉融轻汗红绵扑。
妆罢只思眠，江南四月天。

绿阴帘半揭，此景清幽绝。
行度竹林风，单衫杏子红。

康熙年间 春 删除

31

[清]纳兰性德

梦回酒醒三通鼓……相思何处说，空有当时月。(《菩萨蛮》)

[五代]孙光宪

淡花玉瘦，依约神仙妆束。(《女冠子》)

[唐]祖咏

础分池水岸，窗度竹林风。(《晏吴王宅》)

路人甲

单衫杏子红，双鬓鸦雏色。(《古乐府·西洲曲》)

（英）济慈

清歌闻之甚美，然而未听见的
更妙；婉转的笛子，请你吹吧；
不是为感官的双耳，你要变得
更奇妙，为精神吹出无声的歌：
碧树下的少年，你不会离开
你的歌，绿荫也不会抛下树木；
莽撞的恋人，你永世都吻不上，
虽然万分接近——但不要悲哀，
她与衰老无缘，虽无艳福可享，
你却永坠爱河，如她芳华常驻！

(《希腊古瓮颂》节选)

就是这般在记忆中的爱情啊，永远触摸不到，却别样惊艳难忘。纳兰公子也有这样子的藏在记忆深处的女神么? (｡･▽･｡)

[清]沈宛

近乡情更怯，与公子同。

（英）济慈

如此玄妙的女神啊，害羞看楼上。(*/ω*)

[唐]宋之问

岭外音书断，经冬复历春。近乡情更怯，不敢问来人。
（《渡汉江》）

朋友圈小助手

济慈先生，您的"玄妙"二字用处真是妙啊，一用就能召唤到度娘一样的存在啊。

（英）济慈

(*/ω*)

（英）济慈

我教的，我教的。(ゝ｡∂)

[唐]宋之问

公众号，你说谁娘? ! ! ! 嗯? ! ! ! ! !
┻━┻︵╰(`□´)╯︵┻━┻

《璀璨情诗》剧情截图

离合总无因

Parting and meeting

纳兰性德

虞 美 人

彩云易向秋空散，燕子怜长叹。
几翻离合总无因，赢得一回僝僽一回亲。

归鸿旧约霜前至，可寄香笺字？
不如前事不思量，且枕红蕤敧侧看斜阳。

康熙年间 春 删除

[唐]李商隐

归来辗转到五更，梁间燕子闻长叹。（《无题四首》之四）

（英）济慈

如今我在意大利。~\(≧▽≦)/~

我必须要使我的芳妮相信，没有消息就是最好的消息。
我多么希望我的病能够有点改进呢。（《致济慈小姐》）
这首词简直是写给我的。(*/ω*) "不如前事不思量。且
枕红蕤欹侧看斜阳。" 可是又怎能不思量？

> 远远隐没，消失，彻底忘记，
> 林中的你从不知道，
> 疲惫、热病和焦躁。
>
> 这里，人们坐听彼此的呻吟；
> 痉挛颤抖一阵，悲伤，
> 最后几丝白发，
> 青春渐渐苍白，古怪消瘦，
> 然后死亡，
>
> 思索充满忧伤，
> 铅灰色的眼睛绝望；
>
> 美人守不住善睐明眸，

新的恋情过不到明天。

《夜莺颂》节选

朋友圈小助手
怪不得最近雪莱先生不再孜孜不倦地劝说济慈先生去意大利了呢,而济慈先生也忽然在这个朋友圈里越来越顺手了。原来二位英雄终于聚首了,可喜可贺。

(英)雪莱
我哪里有孜孜不倦的,我可是非常尊重济慈先生的意愿的好么!!!!!!
o(*////▽////*)q

[清]纳兰性德
英国也有红蕤枕么?

[唐]白居易
大都好物不坚牢,彩云易散琉璃脆。(《简简吟》)

朋友圈小助手
好了,好了,白老爷子,我知道你主张不要奢靡。枕头还是舒服好。

(英)济慈
我们是羽毛的枕头,也用麦子壳什么的,不用红蕤,想想也太硬。

[唐]白居易
强顶楼上。呼唤杜老兄。o(￣▽￣)d

39

朋友圈小助手

还是别劳动诗圣他老人家了,我刚刚看到他正忙着追茅草,修房子。

[唐]杜甫

安得广厦千万间,大庇天下寒士俱欢颜,风雨不动安如山! 呜呼! 何时眼前突兀见此屋,吾庐独破受冻死亦足!

(《茅屋为秋风所破歌》)

我虽然很忙,但是我就是喜欢操碎心,我就是我,我为自己代言。(o´ˇ)ノ

无奈钟情容易绝

Perting

纳兰性德

蝶 恋 花

辛苦最怜天上月。一昔如环，昔昔都成玦。
但似月轮终皎洁，不辞冰雪为卿热。

无奈钟情容易绝。燕子依然，软踏帘钩说。
唱罢秋坟愁未歇，春丛认取双栖蝶。

康熙年间 秋 删除

[唐] 李商隐
春丛定是双栖夜，饮罢莫持红烛行。（《偶题二首》之二）

[晋] 荀粲
"不辞冰雪为卿热"发明者在此，那年冬天我老婆发高烧，我就去院子里卧在雪里，冷透了回去冷敷老婆。效果不错，副作用也明显，我感冒了。体弱者慎用。（《世说新语·惑溺》）

（英）济慈
我已多次受到心悸的袭击，医生说我连最轻微的事都不要做。我希望我身体很好，可以去看芳妮的盛开的鲜花。（《致济慈小姐》）
可是纳兰兄的"无奈钟情容易绝"，伤了我的心。〒▽〒

> 黑暗里我倾听，
> 多少次
> 我几乎爱上这静谧的死亡，
>
> 沉韵悠悠，
> 我呼唤死神轻柔的名，
> 乞求他将我的残存一息散入虚空；
>
> 而此刻，死亡比在任何时候，

都富丽华贵,

在午夜里溘然而逝去
毫无痛楚。
正当你倾泻心声
这般迷狂!

你仍在歌唱而我却不再听见
那高昂的安魂曲
只能唱向一陂黄土。

(《夜莺颂》节选)

另不知楼上的方法真的对高热有用?

(英)雪莱

亲爱的济慈,你要好好听从医生的建议,不要丧失理
智,去听信土方。
我回去询问医生的意见,如有必要的话,……

朋友圈小助手

不是明明是冬天么,用冰块也可以做到啊,为什么一定要
用冰人啊!!!ε(っ ゜Д゜;)っ

[三国魏] 华佗

医盲真可怕。⌐(ˊ_ˋ)⌐

[东汉] 张仲景

也许我的《伤寒杂病论》会对济慈先生有所帮助的。

朋友圈小助手
以下对话已经被屏蔽，关于病情的讨论请去医学大讲坛，谢谢众位大大合作。

 [清] 纳兰性德
情之一字，为之病，谁人能医？

 朋友圈小助手
纳兰公子，你你你……好吧要打我脸，就来吧……
[₀(*////▽////*)૧

多少恨

Hate

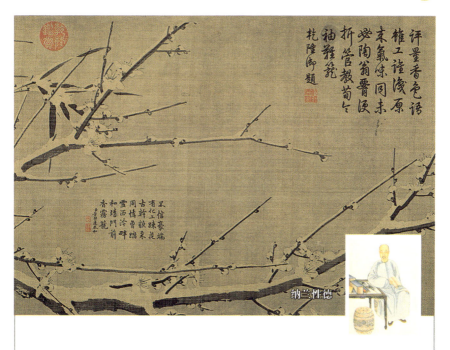

评量香色语
雒工谁溅原
末氣咮同末
爱陶翁胥顷
折笔教笥兮
袖雅花
乾隆御题

不信妻端
有心工珠花
古斡韻來端
同惜曾瑞
雪西泠畔
和靖门前
香雪貌
纳兰性德

临江仙·寒柳

飞絮飞花何处是，层冰积雪摧残。
疏疏一树五更寒。
爱他明月好，憔悴也相关。

最是繁丝摇落后，转教人忆春山。
湔裙梦断续应难。
西风多少恨，吹不散眉弯。

康熙年间 冬 删除

[清]陈廷焯

"疏疏一树五更寒。爱他明月好，憔悴也相关。"不能更赞！！！！！！！《白雨斋词话》）

(o˙▽˙)o☆

[清]陈廷焯

缠绵沉着，似此真可伯仲小山。《词则·大雅集》）

朋友圈小助手

有什么回复，不能一条说完么？ヘ (￢＿￢)ヘ

（英）济慈

"湔裙梦断续应难。西风多少恨，吹不散眉弯。"原来是搞不定女神了么？吹不散忧愁了么？看我的。

o(*////▽////*)q

哦，不，
不要到忘川去，
也不要榨挤附子草
深扎土中的根茎，
那可是一杯毒酒，
也不要让冥后珀耳塞福涅的红葡萄——
龙葵，亲吻你苍白的额头；

不要用红杉的果壳串成你的念珠，

也别让那甲虫，和垂死的飞蛾
充作你悲哀的灵魂。

也别让阴险的夜枭
做你隐秘悲伤的朋友；
因为阴影叠加只会让心灵更加困倦，
永远沉浸在灵魂的痛苦之中。

当忧郁的情绪骤然间降下，
仿佛来自天空的哭泣的云朵，
培育着枯萎的花，

四月的白雾笼罩着青山，
将你的哀愁寄于清晨的玫瑰，
波光粼粼的海面虹霓．
或者是花团锦簇的牡丹丛；

要是你的姑娘嗔怒了，
只需将她的柔手拉起，
并深情注视她那双无与伦比的眼睛。

（《忧郁颂》节选）

（英）雪莱
不能那样做，你知道么，在古老的东方，姑娘的手不能随便拉。那不是一个知礼的男子该做的事情。

（英）济慈
那……那就吻她的清纯的眼眸。o(*////▽////*)q

51

[宋]朱熹
简直胡闹。凸(艹皿艹)

[明]李贽
从心而动,我觉得济慈先生这样子很好,很好。ง•_•)ง

朋友圈小助手
以下对话被屏蔽,关于哲学问题的探讨请移步哲学PK馆,谢谢各位大大合作。

[清]纳兰性德
如在梦魂中,自然肠欲断,何必更秋风。(《临江仙·塞上得报云秋海棠开矣,赋此》)

[明]王阳明
公子不当自苦,知行当合一。济慈先生所言不失为一法可试行。

朋友圈小助手
男神啊,请接受我的膝盖。(づ￣3￣)づ╭❤~

[宋]朱熹
你不是说这里不能说哲学问题嘛,公众号,你的节操呢? 凸(艹皿艹)

朋友圈小助手
这个……那个……我什么也没看见啊,今天天气真是好啊,大家都起得好早啊……呵呵,呵呵,呵呵哒。∆(ˇωˇ)

天上人间情一诺

Pledge

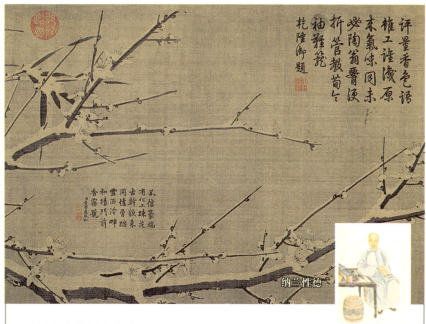

纳兰性德

拟古决绝词柬友人。

木 兰 花

人生若只如初见，何事秋风悲画扇。
等闲变却故人心，却道故人心易变。

骊山语罢清宵半，泪雨零铃终不怨。
何如薄幸锦衣郎，比翼连枝当日愿。

康熙年间 夏 删除

  （英）济慈

不知"比翼连枝"是谁？"当日愿"是？很久不用玄妙这个词了，本来还以为自己进步了，不大会再用了。(✿~‿‿)

 [唐]陈鸿

昔天宝十载，上（唐玄宗）与贵妃（杨贵妃）凭肩而立。因仰天感牛郎织女事，秘密相互发誓，愿世世代代为夫妇。（《长恨歌传》）后乃有"骊山语罢清宵半"云云。

 [唐]白居易

在天愿做比翼鸟，在地愿为连理枝。（《长恨歌》）

 朋友圈小助手

话不能说一半啊，什么叫云云啊。...(＿ ＿)ノ|坏人看来还是要我来做啊。济慈先生，后来所谓的上（唐玄宗），为保全皇位，抛弃了这位杨小姐。从某种意义上来讲是扼死了杨小姐。

 （英）济慈

居然是命案！！ε(⊃｡°Д°;)⊃

 [唐]李隆基

饭可以乱吃，话不可以乱说。恩？！！！(｡◕‿◕｡)ノ凶器呢？尸体呢？爱妃明明后来东渡去了扶桑国。

（英）福尔摩斯

华生，生意上门了。φ(-ω-*)

朋友圈小助手

以下内容已经被转移，关注案情最新进展，请移步专题"跨国大案杨小姐假死之谜"。陛下你看是假死，假死，o((⊙﹏⊙))o可以叫刀斧手把我脖子上的刀慢慢移开了吧。ToT…

（英）济慈

其实生或者死亡又如何呢？爱情开始的地方，互相默默的倾慕，哪怕以后遇到风波，也难忘最初的心动。

> 美丽的伊莎贝尔！
> 可怜纯情的伊莎贝尔！
> 洛伦佐，
> 一个崇尚爱情的朝圣者！
>
> 他们同住在一处，
> 怎能不感到内心的波动，相思成病？
> 他们坐下来共同进餐，相依相偎，
> 怎会不称心如意？
> 是的！他们在同一屋顶下入睡，
> 必然会梦到彼此，夜夜落泪。

（《伊莎贝拉》节选）

朋友圈小助手

就是这个道理啊，如今眼里流的泪，都是当初看到你，脑子里进的水。并不是……ToT

《璀璨情诗》剧情截图

清泪尽

tear

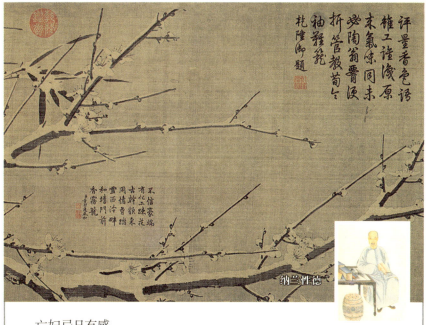

评量香色语
锥工谨渍原
末气味同未
熨陶筒覆顷
折管教苟兮
袖罪乾
乾隆御题

不信藜端
有化陈花
古幹顏末
周桥曾蜡
雪西冷畔
和靖门前
香雾乾

纳兰性德

亡妇忌日有感。

金缕曲

　　此恨何时已。滴空阶、寒更雨歇，葬花天气。三载悠悠魂梦杳，是梦久应醒矣。料也觉、人间无味。不及夜台尘土隔，冷清清、一片埋愁地。钗钿约，竟抛弃。

　　重泉若有双鱼寄。好知他、年来苦乐，与谁相倚。我自终宵成转侧，忍听湘弦重理？待结个、他生知己。还怕两人俱薄命，再缘悭、剩月零风里。清泪尽，纸灰起。

康熙十九年（1680）五月三十日　删除

[南朝梁]何逊

夜雨滴空阶，晓灯离暗室。（《从镇江州与游故别》）

[晋]陆机

坟墓一闭，无复见明，故云长夜台。（《文选·挽歌》）

（英）济慈

纳兰先生，您的词让我想到了一个悲哀的女人的故事，一段被生死隔开的爱情。

"我的孩子，你的内心
怎么燃烧得如此猛烈？——
又是什么好事，
让你突然又笑起来？"——

夜晚来了，
她们找到了洛伦佐埋葬的地方：
巨大的燧石，越橘果在他的头上。

……

谁会去痛惜那些被贪婪的死神摧残的身形。
把人类的灵魂注满死者的尸身？

……

爱情不会消亡，她是主宰人类的神；
也许爱情的化身已经死亡，
脸色苍白的伊莎贝拉正吻着它，轻声哭泣。

这就是爱情；
死了、冰冷了
——却永远不会被代替。

……

从此，她忘记了日月星辰，
从此，她忘记了枝头上的蔚蓝的天空，
忘记了潺潺流水的山谷，
忘记了秋天凛冽的寒风；

她再也不知道白天何时逝去，
再也看不见新的早晨到来，

……

悲伤的精灵啊，抬起你的头颅，微笑吧：
亲爱的精灵啊，高昂你那沉重的头颅，
让一道惨白的光射进柏树丛的幽暗中，
让银白的光照射你那大理石墓地。

（《伊莎贝拉》节选）

（英）雪莱

原来是那可怜的伊莎贝拉的故事，在即将成为高贵的新娘时，她的哥哥暗害了她的洛伦佐。爱人的罹难，将她美好的青春和快乐断送。

[晋]陶渊明

亲戚或余悲，他人亦已歌。死去何所道？托体成山阿。

（《挽歌》）

[战国]庄子

不如一起来击缶唱歌吧。(￣▽￣)～■□～(￣▽￣)

朋友圈小助手

想唱就唱，要唱的漂亮。ヽ(≧∇≦*)ゝ

[清]卢氏

（唱）你说下辈子如果我还记得你，我们死也要在一起。

（《如果下辈子我还记得你》）

[清]纳兰性德

他生他世里，我仍在初见的地方静静等候。陌上花开年复年，我可以等你慢慢的回来。

朋友圈小助手

我不过是赚份薪水而已，楼上居然在秀恩爱！！！作为一只单身汪，感受到了生活满满的恶意。ε(┬┬﹏┬┬)3

《璀璨情诗》剧情截图

纤腰画

Waist

纳兰性德

生 查 子

东风不解愁，偷展湘裙衩。
独夜背纱笼，影着纤腰画。

爇尽水沉烟，露滴鸳鸯瓦。
花骨冷宜香，小立樱桃下。

康熙年间 暮春 删除

[唐]白居易

鸳鸯瓦冷霜华重，翡翠衾寒谁与共？（《长恨歌》）

[宋]苏轼

清寒入花骨，肃肃初自持。（《雨中看牡丹》）

（英）济慈：

真是一个妖娆、娇俏的少女。有点像我的芳妮。噢，不，芳妮是不一样的，芳妮是我的小妖女。○(ˆ皿ˆ)つ

> 骑士啊，是什么让你如此苦恼，
> 独自沮丧地游荡？
> 湖中的芦苇已经枯萎，
> 鸟儿也不再歌唱！
>
> 骑士啊，是什么让你如此苦恼，
> 憔悴而悲伤？
> 松鼠的小窝贮存满了食物，
> 粮食也装进了谷仓。
>
> 你的额头白得像百合花，
> 垂挂着热病的露珠，
> 你的脸颊就像玫瑰
> 正在很快的凋谢。

在草坪中，我遇见了
一个妖女，她美若天仙，
轻盈的脚步，飘逸的长发，
眼睛里却闪耀着野性的光芒。

（《无情的妖女》节选）

（英）雪莱

不，不，不。⌒(´_`⌒)古老的东方感情的表达要含蓄得多，不能直接说情啊，爱啊，更加不能这么直白的说小妖女，野性什么的，有礼的绅士是不屑于露骨的描写的。

[唐]白居易

（白眼楼上）春寒赐浴华清池，温泉水滑洗凝脂。侍儿扶起娇无力，始是新承恩泽时。（《长恨歌》）(ಠ_ಠ)

[清]纳兰性德

天公毕竟风流绝，教看蛾眉。（《一斛珠·元夜月蚀》）~(￣▽￣~)

朋友圈小助手

赵崇祚已携一票"花间词"论坛写手上线，雪莱先生，送你一只锅盖。我只能帮你到这里了。ヽ(￣▽￣)

[五代]牛希济

红豆不堪看，满眼相思泪。终日劈桃瓤，人在心儿里。两朵隔墙花，早晚成连理。（《生查子》）(ಠ_ಠ)

《璀璨情诗》剧情截图

[五代]李珣

相见处，晚晴天，刺桐花下越台前。暗里回眸深属意，遗双翠，骑象背人先过水。(《南乡子》) (╯_╰)

[南唐]李煜

花明月暗笼轻雾，今宵好向郎边去。刬袜步香阶，手提金缕鞋。画堂南畔见，一向偎人颤。奴为出来难，教君恣意怜。(《菩萨蛮》) (╯_╰)

朋友圈小助手

后主大人都来了，雪莱先生我先撤了。٩(´∀`)۶

（英）雪莱

||o(*° ▽ °*)o||0

也相宜

Suitable

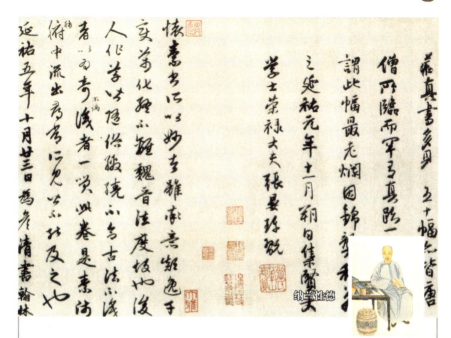

纳兰性德

落花时

夕阳谁唤下楼梯，一握香荑。
回头忍笑阶前立，总无语也相宜。

相思直恁无凭据，休说相思。
劝伊好向红窗醉，须莫及落花时。

康熙年间 暮春 删除

73

[清]纳兰性德
自拟一调,《落花时》。博众君一笑尔。

[宋]晏幾道
相思本是无凭语,莫向花笺费泪行。(《鹧鸪天》)

(英)济慈
原来纳兰公子也爱这静默相守的时刻啊。当年,我和我的芳妮斜卧在野花丛中,四周都是野花清爽的香气,她低垂的脖子就在我呼出的气息间,我念下面这首诗给她听:

> 我给她编织了一顶花冠,
> 还有芬芳的腰带和手镯,
> 她轻柔地发出叹息。
> 好像真地爱上了我。
>
> 我带着她在骏马上驰骋,
> 她把侧脸对着我,
> 我整日什么也不做。
> 除了听她唱歌。
>
> 她给我采了美味的草根,
> 野蜜、甘露和鲜果,
> 她用奇怪的语言说话。

说她真心爱我。

她带我去了她的山洞，
一边落泪，一边叹息，
我在那儿四次吻着她野性的、野性的眼。
我被她迷得睡着了，
啊！我竟做了一个噩梦！

我梦见国王和王子
也在妖女的洞中。
还有很多骑士，都苍白得像骷髅，
他们喊着：无情的妖女，
已经把你囚禁！

在幽暗中，我看见他们张开了
饥饿的大口，发出可怕的警告，

我突然惊醒，发现自己
躺在冰冷的山坡。

原来我逗留在这里，
独自沮丧地游荡，

湖中的芦苇已经枯萎，
鸟儿也不再歌唱！

（《无情的妖女》节选）

（英）雪莱

这哪里静默啦！⊥一⊥﹏(｀口´)﹏⊥一⊥先不说恐
怖小说一样的情节里，又是白骨，又是瘪嘴。单单说你静
默地念念"他们吵嚷着"那段给我听听。相信我，连你家
的狗都会被那段恐怖的剧情吓得呜哩呜哩的。
ε(°△°|||)϶

（英）济慈

我的狗才不会，它是在教区出生的，它的名字是我在教区
登记处取的。
我对它像王子一样加以照料，它是一条有教养的好狗。
（《致济慈小姐》）

朋友圈小助手

亲爱的济慈先生，以我个人的理解来看，雪莱先生要表
达的重点并不是关于您那只王子一样有教养的好狗。
(|||ㄱ_ㄱ)另雪莱先生你不知道带女朋友看恐怖电影的
好处么？"一向偎人颤……教君恣意怜。"(～￣▽￣)～

（英）雪莱

楼上不是单身汪么？

朋友圈小助手

我只是好心在帮你们解释，居然还要被伤害，苍天
啊……大地啊……你们是近视、弱视加散光，还是青
光、老花、白内障啊￣︿￣…

《璀璨情诗》剧情截图

作个鸳鸯消得么

Mandarin duck

纳兰性德

南乡子

烟暖雨初收，落尽繁华小院幽。
摘得一双红豆子，低头，
说着分携泪暗流。

人去似春休，卮酒曾将酹石尤。
别自有人桃叶渡，扁舟，
一种烟波各自愁。

康熙二十四年（1685）春 删除

[元]尤郎
媳妇儿，有人还记得我们，快来看。(๑•̀ㅂ•́)و✧

[元]石氏
呜呜呜…………（风声）

[元]伊世珍
"石尤"也是可怜人啊。本来恩爱小夫妻，尤郎非要去打工，石氏病死郎未归，从此化作大风阻碍商旅交通。
（《嫏嬛记·江湖纪闻》）

[晋]王献之
我亲爱的小桃叶呀，我做首别诗给你听：桃叶复桃叶，渡江不用楫。但渡无所苦，我自迎接汝。
不要看啦，我就是纳兰公子词中所说的别人家的男朋友啦。(ó ▽)o☆[BINGO!]

[唐]崔颢
楼上注意了，秀恩爱，分得快。<(￣︶￣)>
日暮乡关何处是，烟波江上使人愁。（《黄鹤楼》）

朋友圈小助手
崔大大，谢谢你替我做主啊，他们每每都花样虐汪（单身）。(|T|д|T|)

（英）济慈

离别，是想念的前奏。相思，是漫漫的长夜。

> 每到早晨，他们的爱情就更加温柔，
> 每到傍晚，他们的爱情就更加深沉温馨；
> 无论他在室内、田野、花园还是其他什么地方，
> 他看到的都是她的倩影，
> 树木、潺潺溪流的喧响
> 都比不上他情意绵绵的噪音；
> 他的名字在她的鲁特琴上回响，
> 手中未完成的刺绣也被干扰。
> 她的身影还不曾出现，
> 他早已知道谁的玉手正握着门闩；
> 他能窥视到她的闺房，欣赏她的的美，
> ……
> 他在相思中，熬过漫漫长夜。

（《伊莎贝拉》节选）

（英）雪莱

洛伦佐这个傻瓜，他应该大声的对伊莎贝拉说：
"作个鸳鸯消得么？"（《南乡子·柳沟晓发》）
(ˉ▽ˉ～) ～～

两字冰

Unspeakable

延祐五年十月廿三日為彥清書翰林

俯中流出為書如見其北及之也

者以而奇淺者一覽與卷是素淨

人化矣隱俗徽繞不為古法不淺

變為化獨不雜魏晉法度於後

懷素書如此妙吏雜來意無免于

僧隸臨而軍子真跡一

謂此幅最老爛園錦茶禾未

之延祐元年十一月朔日集賢大

學士榮祿大夫張晏珍識

莊真書多具 五十幅無皆魯

纳兰性德

鹧 鸪 天

别绪如丝睡不成，那堪孤枕梦边城。
因听紫塞三更雨，却忆红楼半夜灯。

书郑重，恨分明，天将愁味酿多情。
起来呵手封题处，偏到鸳鸯两字冰。

康熙年间 冬 删除

[清]纳兰性德

山一程，水一程，身向榆关那畔行，夜深千帐灯。(《长相思》)

塞外风霜好，犹念故园声。

[宋]梅尧臣

别绪如乱丝，欲理还不可。(《送仲连》)

[唐]李商隐

锦长书郑重，眉细恨分明。(《无题》)

（英）济慈

是呢! 我也这么觉得。表白什么的最为难人。(o˘◡˘o)你们东方的说法，鸳鸯两字就冰了。怎么写也写不出那一刻心里的悸动。

漫长的五月都在这种凄惨的光景中度过，
六月来了，他们的脸都变得更加苍白，
"明天，我要向我的欢心屈膝，
明天，我要得到姑娘的青睐。"——

"噢，洛伦佐，我愿意今夜就死去，
如果你还不把爱的旋律唱出来。"——

这只是他们枕间的低语; 哎!

他苦涩的日子还没有到头。

（《伊莎贝拉》节选）

（英）雪莱

我记得你曾经写信给乔治安娜小姐，你说你要分成几卷出你的诗集，其中要为不能忍受长诗重压的人，单独辟出一个集子来。（《致乔治安娜济慈》）

我觉得你这样子一段一段的摘录模式也是不错的。并不十分影响欣赏它们。

（英）济慈

亲爱的老朋友，我的确这么做了，而且将继续这么做。我打算把诗抄写在日记里，就按照当天写成的样子。（《致乔治安娜济慈》）

你觉得是不是一个特别棒的主意。就像纳兰公子这样子，把诗歌寄成了一封信一样，对的一封信。诗歌活在两个文体中。十分有趣。

路人甲

公众号，我感觉画风忽然变化了。这官方的口气是〈(*￣一)〉刚刚难道这一版不是在聊表白么？
┴┴﹏╰(\`□\`)╯﹏┴┴

朋友圈小助手

（低头思考：我必须与大大们保持一致的官方步调）机主已走开，将稍后尽快优质的回复您。(๑•̀ㅂ•́)و✧

路人甲

这公众号是中病毒了么？！(ó ∇ ò)੭✩

一片伤心欲画难

Sad

永和九年歲在癸丑暮春之初會于會稽山陰之蘭亭脩禊事也羣賢畢至少長咸集此地有崇山峻領茂林脩竹又有清流激湍暎帶左右引以為流觴曲水列坐其次雖無絲竹管弦之盛一觴一詠亦足以暢敘幽情是日也天朗氣清惠風和暢仰觀宇宙之大俯察品類之盛所以遊目騁懷足以極視聽之娛信可樂也夫人之相與俯仰一世或取諸懷抱悟言一室之內或因寄所託放浪形骸之外雖

送梁汾南还，时方为题小影。

鹧 鸪 天

握手西风泪不干，年来多在别离间。
遥知独听灯前雨，转忆同看雪后山。

凭寄语，劝加餐。桂花时节约重还。
分明小像沉香缕，一片伤心欲画难。

[清]顾贞观

岁丙辰（康熙十五年），容若二十有二，乃一见及恨识余之晚。（《金缕曲·和纳兰性德词》）

（英）济慈

楼上，梁汾粉郎，又见面啦！

[清]顾贞观

(⊙x⊙)那是我与公子之间的玩笑称呼，可不可以不要……

（英）济慈

好的，梁汾粉郎，我知道了，你上次说过的。ˋ('∀ˊ)

[清]顾贞观

■┐─┴┬─……☆(>○<)

路人甲

弃捐勿复道，努力加餐饭。（《古诗十九首》之一）不就一个名字，何必看不开。ᕕ(ᐛ)ᕗ

[唐]高蟾

世间无限丹青手，一片伤心画不成。（《金陵晚望》）称呼而已嘛，人在世上最重要的就是开心啦。ᕕ(ᐛ)ᕗ

[明]王次回

欲寄语，加餐饭，难嘱咐，鱼如雁。（《满江红》）对啊，对啊，不如我去给你煮碗面。∧(ㄥ)>

（英）济慈

最重要的是彼此还心意相通，会想念就好。从另外的角度看，距离有时产生的除了伤心，还有美。

> 我有一只小鸽子，
> 而可爱的鸽子死了。
> 它悲伤而逝。
>
> 噢，它为什么悲伤呢？
> 我亲手编织了丝线，
> 绑在它的小红脚。
>
> 你为什么离我而去，
> 可爱的鸽子，
> 为什么，
> 为什么离我而去。
>
> 你孤独地生活在森林里。
> 美丽的东西你怎能不和我生活在一起？
> 我常常吻你，给你白色的豌豆泥。
>
> （《致乔治安娜济慈》节选）

这样子的纠缠，想想也是可怕的。o((◎﹏◎))o

（英）雪莱
所以，亲爱的朋友啊，我事事都是尊重你的意愿。
...(*￣０￣)ﾉ

 朋友圈小助手
自动开始脑内循环，"来意大利，来意大利，来意大
利…………"(。_。)

《璀璨情诗》剧情截图

又多情

Passionate

永和九年歲在癸丑暮春之初會于會稽山陰之蘭亭脩禊事也群賢畢至少長咸集此地有崇山峻領茂林脩竹又有清流激湍暎帶左右引以為流觴曲水列坐其次雖無絲竹管弦之盛一觴一詠亦足以暢敘幽情是日也天朗氣清惠風和暢仰觀宇宙之大俯察品類之盛所以遊目騁懷足以極視聽之娛信可樂也夫人之相與俯仰一世或取諸懷抱悟言一室之內或因寄所託放浪形骸之外雖

纳兰性德

浪 淘 沙

闷自剔残灯，暗雨空庭，
潇潇已是不堪听。
那更西风偏著意，做尽秋声。

城柝已三更，欲睡还醒，
薄寒中夜掩银屏。
曾染戒香消俗念，怎又多情。

康熙年间 暮秋 删除

[清]陈维崧

和容若兄韵《浪淘沙》一首，见笑，见笑。
风胫甋残灯，抹丽中庭。
临歧摘阮要人听。不信一行金雁小，有许多声。

[清]纳兰性德

"要人听"，三字妙绝。多情不多情，最难忘知音。

（英）济慈

如果将自己奉与上帝，这是雪莱告诉我的，说戒香消俗
念在我们那里，就是这个意思。(ﾉ•ᴗ•)ﾉ断绝痴情，那漫
漫人生中，还有什么可以代替它呢？

> 在一个美妙的清晨，他下定决心，
> 一整天他的心都怦怦直跳；
> 他在心中为自己祈祷，希望自己有勇气表白；
> 但奔涌的热血，窒息了他的声音，他决定再次
> 推延——
> 虽然这样的新娘让他激情高涨，
> 在她面前，却是孩子般的羞怯：
> 啊！爱情竟是这样的害羞和狂野！
>
> （《伊莎贝拉》节选）

[宋]欧阳修

多情偏被无情恼。(《蝶恋花》)(o゜▽゜)o☆

（英）济慈

我没有恼怒，真的，只是觉得迷茫。我怎么会恼怒纳兰公子呢ε(゜△゜|||)，他明明也有那么多不顺意。

朋友圈小助手

首先欧阳修先生只是在开一个类似于古老的东方人会开的玩笑，济慈先生您不必当真。╮(￣▽￣)╭

另外您一定要相信我，真的，从生活这方面来说，纳兰公子比您顺意多了。他是高富帅，身边有妻有妾，还有红颜知己一大帮。我等单身狗只有羡慕嫉妒恨。О口￣|＿

一定要说不顺意么，可能，也许，大概是他的不顺意太少了。(顶着锅盖撤) └(￣﹏￣)┘

这年头说真话真是难啊……《╰(‘▽’)╯一定要腿脚好，跑得快才行。

痴数春星

Infatuation

永和九年歲在癸丑暮春之初會于會稽山陰之蘭亭修禊事也羣賢畢至少長咸集此地有崇山峻領茂林修竹又有清流激湍暎帶左右引以為流觴曲水列坐其次雖無絲竹管弦之盛一觴一詠亦足以暢敘幽情是日也天朗氣清惠風和暢仰觀宇宙之大俯察品類之盛所以遊目騁懷足以極視聽之娛信可樂也夫人之相與俯仰一世或取諸懷抱悟言一室之內或因寄所託放浪形骸之外雖

纳兰性德

青衫湿·悼亡

近来无限伤心事，谁与话长更？
从教分付，绿窗红泪，早雁初莺。

当时领略，而今断送，总负多情。
忽疑君到，漆灯风飐，痴数春星。

康熙十七年（1678）七月 删除

[唐]李郢

应恨客程归未得,绿窗红泪冷娟娟。(《为妻作生日寄意》)

[明]王次回

也知此后风情减,只悔从前领略疏。(《予怀》)

[唐]李白

最看不惯这般小儿女一样嘤嘤复嘤嘤。(*￣rδ￣)

人生得意须尽欢。(《将进酒》)

(￣▽￣)~■干杯口~(￣▽￣)

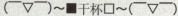

(英)济慈

"人生得意须尽欢",这句说得太好了,我要出去看芳妮的花儿,管它春天的风是冷着吹,还是暖着吹。

(♥' 艸丶♥)

(英)雪莱

楼上的楼上,你是哪里来的神棍,你袖子口的酒污还没有洗干净。没事不要给别人出馊主意了,行么?那样你会赢得我的尊敬。(*￣︿￣)

(英)济慈

可是亲爱的雪莱,这样子恣意的爱,恣意的生活,多么叫人向往。

"啊，伊莎贝拉!
我怕不能肯定
能否在你的耳边把我的悲伤诉说;
假如你曾信过什么，那请你相信;
我是多么爱你，我的灵魂已濒临
毁灭:我不想鲁莽地紧握
你的手，也不想注视是你的眼睛让你受到惊吓;
但是，恐怕我活不到明天了，
如果我不向你诉说情衷!"

"爱情啊!你指引我走出严寒，
姑娘!你引领我走进盛夏:
我必须品尝沐浴着温暖、
迎着朝霞盛开的朵朵鲜花。"

（《伊莎贝拉》节选）

（英）海登

约翰·济慈的天才!是我骄傲的第四点。我们的友谊已经走过青年期，走向成熟的壮年——所以我能够看到你的本心。（《海登日记》）我由衷地能够理解你的任性的渴望。d=====(￣▽￣*)b

---

[唐]李白

来来来，你也随老夫来。<(￣︶￣)>
莫使金樽空对月，天生我才必有用，千金散尽还复来。
（《将进酒》）

朋友圈小助手

这年头，有才，就是这么任性!!!(o´▽`)o☆

《璀璨情诗》剧情截图

空凄切

Miserable

纳兰性德

淡黄柳·咏柳

三眠未歇，乍到秋时节。
一树斜阳蝉更咽，曾绾灞陵离别。
絮已为萍风卷叶，空凄切。

长条莫轻折。苏小恨，倩他说。
尽飘零、游冶章台客。
红板桥空，湔裙人去，依旧晓风残月。

康熙年间 初秋 删除

[唐]李商隐
如何肯到清秋日，已带斜阳又带蝉。（《柳》）

[唐]韩翃
章台柳，章台柳，昔日青青今记否？纵使长条似旧垂，也应攀折他人手。（《章台柳》）

[宋]柳永
今宵酒醒何处，杨柳岸，晓风残月。（《雨霖铃》）

（英）济慈

嘴唇分开时，他们幸福得如同在云中漫步，
像被风吹开的两朵并蒂玫瑰，
分离是为了更亲密的相聚，
分享彼此内心的馨香。

她回到闺房，唱着优美的旋律，
歌唱着美妙的爱情和甜蜜的碰撞；

而他则以轻捷的步伐登上西山，
向太阳挥手告别，
中满是欢喜。

他们又秘密地相聚，黄昏

还没有拉开帷幕，
星星还未出现；

包裹在风信子和麝香的花荫里，
远离人群和人们的闲言碎语。

啊！要是永远这样就好了，免得让
无聊的人嘲笑他们的悲伤。

（《伊莎贝拉》节选）

日后的悲伤、背叛、分离，都是因为昔日的甜蜜温存。眼前是多一分的悲伤，就是昔日多一分的浓情美妙。抛去今日的悲伤，就是抛去往日的甜蜜。啊！我竟然为了害怕分离而冷落了我的芳妮那么久。

我要送一对贝壳给她，她一定会觉得漂亮。（《致济慈小姐》）

（英）雪莱

亲爱的济慈，你无需害怕独自面对"晓风残月"。请相信：不管你去向何方，或者无论你做些什么，我对你健康、幸福和成功的关切和希望永远跟随你。（《致济慈》）

٧(≧∇≦*)۶

[清]顾贞观

便归来，平生万事，哪堪回首。行路悠悠谁慰藉……泪痕莫滴牛衣透，数天涯，依然骨肉，几家能够？……盼乌头马角终相救……（《金缕曲》）٧(✿´▽`)/

《璀璨情诗》剧情截图

[清]纳兰性德
纵使情深天涯两相隔, 凭它覆雨翻云手, 留有心魂相守。
《《金缕曲》》(ˊ ▽ˋ)ʃ♡ʅ)

朋友圈小助手
微博小助手, 腾讯小助手我永远顶你们噢!!!
。(*￣▽￣*)ブ好基友, 一辈子。(ˊ ▽ˋ)ʃ♡ʅ)

西风恶

Evil

纳兰性德

点 绛 唇

小院新凉，晚来顿觉罗衫薄。
不成孤酌。形影空酬酢。

萧寺怜君，别绪应萧索。
西风恶，夕阳吹角，一阵槐花落。

康熙十七年（1678）秋 删除

111

[宋]陆游
夕阳吹角最关情。(《浣溪沙》)

[唐]李白
花间一壶酒，独酌无相亲。举杯邀明月，对影成三人。
(《月下独酌》)

（英）济慈
最近身体起色不大，精神就不大好。希望素食有利于我的身体。今次大家是在说西风么?

> 已到仲秋时节，每逢黄昏，
> 冬天的气息从远方飘过来。
> 毫无生机的西方的金黄色彩正慢慢逝去，
> 在灌木丛间和树叶间奏出连绵的死亡乐曲。
>
> 在他离开北方岩洞之前，
> 让一切变得荒芜。
>
> 伊莎贝拉的美丽渐渐枯萎，凋谢——
>
> 因为洛伦佐依然杳无音信。
> 她的眼睛已变得昏暗、苍白，
> 常常问哥哥，
> 是什么鬼地方?

把他拘禁这么久?

（《伊莎贝拉》节选）

（英）雪莱

西风确实恶,但是亲爱的济慈啊,你还记得我的诗句么:

冬天来了,春天还会远么?《西风颂》

另楼上的楼上,老神棍,你怎么又来了,你不要再蛊惑我亲密的朋友。

(* ̄＾ ̄)

朋友圈小助手

请原谅我雪莱先生,你叫楼上什么? 在古老的东方,他是歌德一样的存在啊!

o((⊙﹏⊙))o.

[德]歌德

谁叫我? 我还有匆匆的约会要去赴,听说与会的有一位东方丰神俊朗的伟大浪漫主义诗人叫小白。

听说他人生最大的爱好就是喝酒,他是多少古老东方诗人的偶像啊。

(っ*'ω'*)っ

据说连诗圣杜甫也写过《梦李白》。

[唐]李白

小杜居然出息了啊,也封王封圣了。ヽ('∀'o)+

看来你口中的小白是我无疑啦。来来来,让我们"葡萄美酒夜光杯"。

听说西洋人好这口,其实我还是喜欢杜康多一点。(>▽<)

道寻常

Ordinary

纳兰性德

浣 溪 沙

谁念西风独自凉，萧萧黄叶闭疏窗，
沉思往事立残阳。

被酒莫惊春睡重，赌书消得泼茶香。
当时只道是寻常。

康熙年间 暮秋 删除

[五代]李珣

镂玉梳斜云鬓腻，缕金衣透雪肌香，暗思何事立斜阳。（《浣溪沙》）

[宋]李清照

当年我与前夫赵明诚也有这样静好的岁月。(✿◡‿◡)

每饭罢，坐归来堂。烹茶，指堆积书史，言某事在某书某卷，第几页，第几行，以中否胜负为饮茶先后。中则举，否则笑，或至茶覆怀中，不得饮而起。（《金石录后续》）

朋友圈小助手

我以为我终究会习惯你们的恩爱秀得漫天飞舞，结果还是没防住，恩爱攻击升级了。

┻━┻︵╰(‵□′)╯︵┻━┻楼上这种表面秀恩爱，背后秀学霸的做法，还给不给我等学渣单身汪退路啊！！！

<(－︿－)>

[清]况周颐

酒中茶半，前事伶俜，皆梦痕耳。（《蕙风词话》）

[清]况周颐

“被酒莫惊春睡重，赌书消得泼茶香。当时只道是寻常。”工于写情。（《蕙风词话》）

[清]况周颐

王逸少所谓"俯仰之间,已成陈迹",成容若所谓 "当时只道是寻常"也。(《香东漫笔》)

朋友圈小助手

稍不留意,楼上又在刷版骗积分了啊!

┴━┴︵╰(`□′)╯︵┴━┴

有什么事不可以一次性说完啊?!这份工越来越难做!工作多,没提成。别人休假我加班。房贷没还清,保险自己缴。(*￣rￓￍￒ￣)

(英)济慈

楼上说的都只是生活小小的磨难。漏水的旅馆、贫病都不能压垮一个诗人的爱情。唯有死亡——永别的钟声让人害怕的战栗。

> 或许她到死都茫然无知,
> 要不是有一个最致命的黑暗;
> 如同不小心饮下的烈性波欣酒,
> 把病危的人从棺材里拉出来,
>
> 让他多停留一会儿;它像是投枪
> 残忍地刺向云雾的印度人
> 让他苏醒,让他重新感到
> 烈火在心中和脑中啃噬。
>
> 这就是幻梦。——在最阴郁的黑暗中,
> 在寂静的午夜,洛伦佐站在
> 她的床边哭泣:林中的坟墓

损毁了他曾在太阳下闪闪发亮的头发；

凛冽的寒冰封住了他的唇；

夺去他嗓音中的悠扬；在他泥塑的耳边，

又划出一条小沟让眼泪淌。

（《伊莎贝拉》节选）

 （英）雪莱

亲爱的济慈，我们有的时候还是含蓄一点表达比较好，以免伤害到那些内心脆弱的可怜人。小助手今生可能还没有见过爱情的模样呢。被琐事烦扰很正常。ᕕ(ᐛ)ᕗ

 朋友圈小助手

可怜人……(PД`q。)没有见过爱情的模样……(PД`q。)，那你们天天在朋友圈里秀给我看的，到底是什么?!!!!

┻━┻︵╰(`Д´)╯︵┻━┻

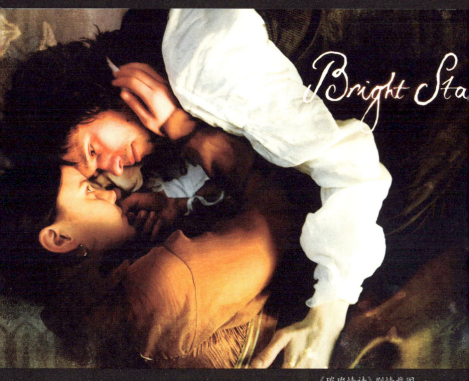

《璀璨情诗》剧情截图

结来生

Afterlife

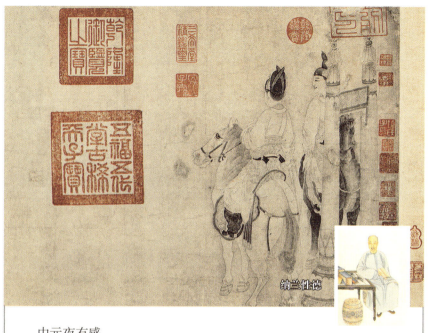

结来生

纳兰性德

中元夜有感。

眼 儿 媚

手写香台金字经，惟愿结来生。
莲花漏转，杨枝露滴，相鉴微诚。

欲知奉倩神伤极，凭诉与秋棠。
西风不管，一池萍水，几点荷灯。

康熙十六年（1677）七月十五日 删除

[三国魏]傅嘏

荀粲妇病亡，未殡。……往唁粲，粲不哭而神伤。(《晋阳秋》)

[三国魏] 荀粲

颓然不语兮，黯然而神伤。(＝。＝)

[战国]庄子

居然听不到哭的声音，看来不需要我击缶而歌啦。
~~(﹁ ﹁) ~~~

[晋]陶渊明

楼上你好，又见面了。看来这里也没我们什么事儿了，不如一道赶下一个场子如何？ ｡(*ˆ@ˆ*)｡

[战国]庄子

同去，同去。ㄟ(￣, ￣)ㄏ

(英)雪莱

济慈君我就说吧，要相信科学，土方这个东西吧，靠得住的几率不大。悲剧就是这么酿成的。

走近科学栏目组

（白眼楼上）跨越千年来抢行，也是蛮拼的。

朋友圈小助手

穿越千年的古宅，流传悠久的无副作用退热良方，男子为何数天不穿衣服卧在雪中，他却不是病人。这一切的背后是鬼神的捉弄，还是自然的法则，敬请期待。

ε(´･ω´*∕)∕

走近科学栏目组

公众号你再玩，再玩就告你侵权。

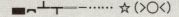
■┐└┬┼─……☆(>○<)

（英）济慈

亲爱的雪莱，你无需担心。死亡若是要来临，就像天要下雨一样没有办法。我们所要做的是等待拥抱那一刻。

> 心痛，困倦麻痹，
> 刺痛感官，犹如才饮毒鸩，
> 又似刚刚吞服鸦片，
> 分钟消逝，忘川就已沉没：
>
> 并非嫉妒你的幸福，
> 你的幸福让我太过欢乐，
> 你，林间轻翅的精灵，
> 在山毛榉的绿影中，
> 放开歌喉，歌唱夏季。
>
> 啊，一口酒，那冷藏
> 深埋在地下多年的琼酿，
> 尝来如鲜花、绿野、
> 舞蹈、恋歌和炽烈的欢乐！

《璀璨情诗》剧情截图

啊，满满一杯南方的温暖，
溢满鲜红真切的灵感之泉，
杯沿闪动着珍珠般的泡沫，
辉映紫染的樱唇，
我愿一饮而尽，
就此悄悄离世，
与你一起遁入森林幽暗的深处。

（《夜莺颂》节选）

红颜变

Change

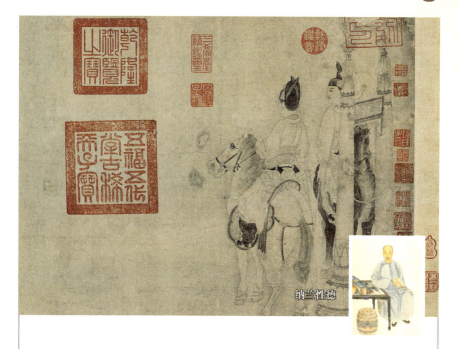

纳兰性德

忆 秦 娥

春深浅，一痕摇漾青如剪。

青如剪，鹭鸶立处，烟芜平远。

吹开吹谢东风倦，缃桃自惜红颜变。

红颜变，兔葵燕麦，重来相见。

康熙年间 春 删除

[唐]温庭筠

草浅浅，春如剪。(《春野行》)

[宋]欧阳修

东风本是开花信，及至花时风更紧。吹开吹谢苦匆匆，春意到头无处问。(《玉楼春》)

[唐]刘禹锡

居十年，召至京师。人人皆言有道士手植仙桃，满观如红霞，遂有前篇，以志一时之事。旋又出牧，今十有四年，复为主客郎中。重游玄都观，荡然无复一树，唯兔葵燕麦，动摇于春风耳。(《再游玄都观绝句诗引》)

[明]唐伯虎

桃花也是有灵性的，哪里耐烦一直叫人看来看去的。
┑(´_ _ `)┌

桃花坞里桃花庵，桃花庵下桃花仙。
桃花仙人种桃树，又摘桃花换酒钱。
酒醒只在花前坐，酒醉还来花下眠。
半醒半醉日复日，花开花落年复年。

但愿老死花酒间，不愿鞠躬车马前。
车尘马足富者趣，酒盏花枝贫者缘。
别人笑我太疯癫，我笑他人看不穿。

不见五陵豪杰墓，无花无酒锄作田。

（《桃花诗》）

[唐]王维

木末芙蓉花，山间发红萼。涧户寂无人，纷纷开且落。

（《辛夷坞》）

花发也寂寂，落也寂寂。来去不由人，不可阻止，亦不可挽留。"重来相见"难免"物是人非事事休"。

（英）济慈

当生命化作尘土，一切也随之尘土。雪莱如果一天我死去，我希望我的墓碑上刻上这样子的字"此处长眠者，声名水上书"。唯有爱情，我的芳妮，叫我如何不想你。(;‖ₒ‖`)

> "伊莎贝拉，我爱的人！
> 我的头上悬挂着红色的越橘果，
> 我的脚下压着巨大的燧石；
>
> 我的周围散落着柏树
> 和高大栗树的叶子和果实；
> 河对岸有咩咩叫着的羊群；
>
> 去吧，把你的泪洒在我头上的野花上，
> 坟墓中的我就安心了。"
>
> "哎！我现在已成为了一个鬼魂，
> 游荡在人类居室的外面。
> 独自唱着弥撒，

生命之音在我的身旁回荡；

辛勤的蜜蜂午后飞过田野，
无数教堂的钟声在报告着时间：
这些声音让我痛彻心扉，
变得陌生起来，
而我，却远远地离开了人世间。"

（《伊莎贝拉》节选）

（英）雪莱

何必如此伤感，我亲爱的朋友。相信我，死亡不会使你寂寞。我会在墓园里做你的好邻居。
<(￣︶￣)↗[GO!]

[清]曹寅

我孙子雪芹说的最是：

人有聚就有散，聚时喜欢，到散时岂不清冷？既清冷则生感伤，所以不如倒是不聚的好。比如那花儿开的时候儿叫人爱，到谢的时候儿便增了许多惆怅，所以倒是不开的好。（《红楼梦》）

[清]纳兰性德

曹寅兄，终于看到你，一直想问你，后世怎么会以为《红楼梦》写得是我的故事呢？那分明是你孙子写的他自己嘛。

[清]曹寅

因为这是一个看脸的世界！！！

```
___*( ￣皿￣)/#____
```
谁叫你整天眉如蹙，多情风月中人，最主要的又是体弱貌美！！！
```
┻━┻︵╰(`□´)╯︵┻━┻
```

朋友圈小助手

整天眉如蹙，多情风月中人，体弱貌美，难道不是林黛玉么？ 瞬间觉得信息量有点大啊！！！
```
w(ﾟДﾟ)w
```

《璀璨情诗》剧情截图

图书在版编目（CIP）数据

济慈走进了纳兰的朋友圈／夷则编著.—上海：
上海古籍出版社，2015.7
（咖啡与茶）
ISBN 978-7-5325-7693-7

Ⅰ.①济… Ⅱ.①夷… Ⅲ.①济慈,J.（1795～
1821）—诗歌研究②纳兰性德（1654～1685）—词（文学）
—诗歌研究 Ⅳ.①I561.072②I207.23

中国版本图书馆 CIP 数据核字（2015）第 150144 号

本书所使用的部分译文、图片无法联系作者取得使用权，故请作者
或版权持有者见到本声明后与本社联系，本社将按相关规定支付稿酬。

咖啡与茶
济慈走进了纳兰的朋友圈
夷则 编著

上海世纪出版股份有限公司
上海古籍出版社　　　　　　出版发行
（上海瑞金二路 272 号　邮政编码 200020）
（1）网址：www.guji.com.cn
（2）E-mail: guji1@guji.com.cn
（3）易文网网址：www.ewen.co

发行经销　上海世纪出版股份有限公司发行中心
制版印刷　上海丽佳制版印刷有限公司
开本　889×1194　1/36
印张　4　插页 1　字数 100,000
印数　1-5,300
版次　2015 年 7 月第 1 版
　　　2015 年 7 月第 1 次印刷
ISBN　978-7-5325-7693-7/G·614
定价　29.00 元